Viagem sem volta

Aventura de um imigrante

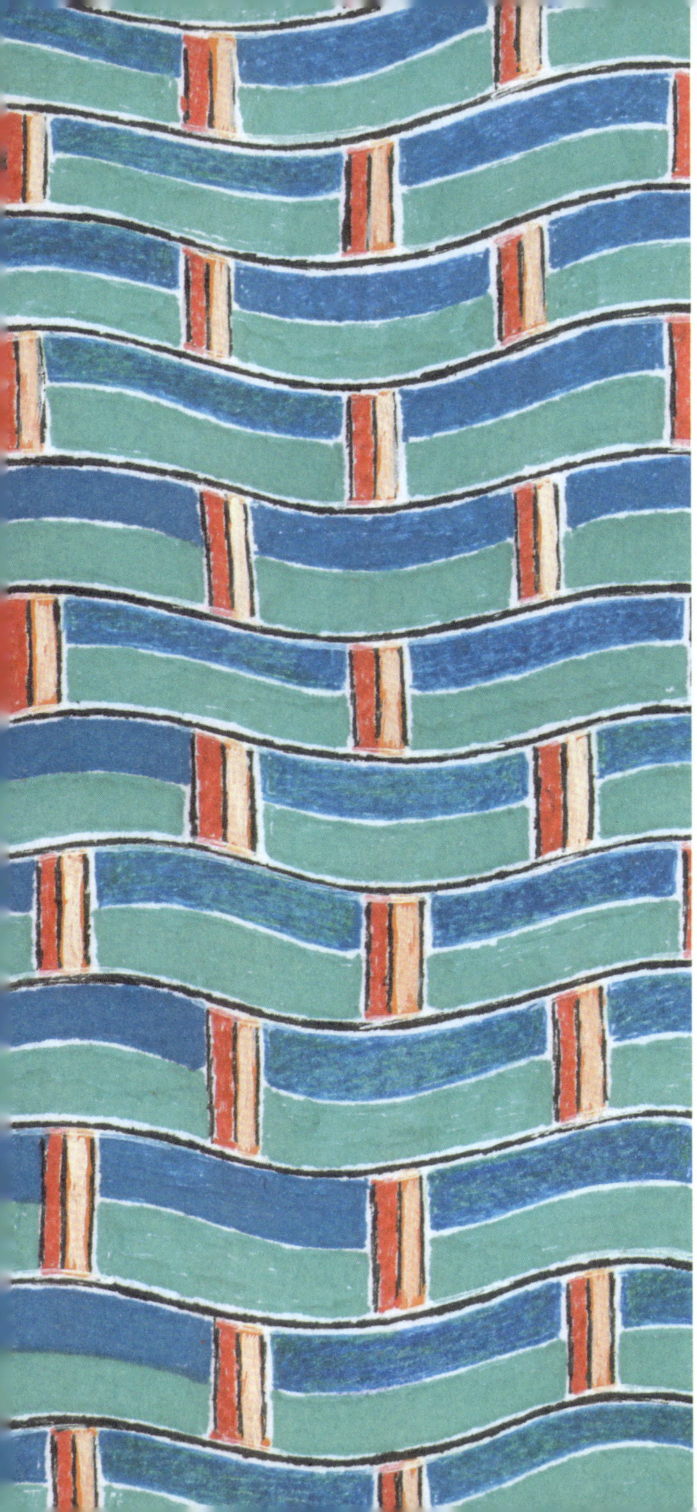

Mustafa Yazbek

Viagem sem volta

Aventura de um imigrante

Ilustrações de Severino Ramos

São Paulo - 1ª edição - 2019

Copyright © 2019 Mustafa Yazbek

Todos os direitos desta edição reservados à
Editora Nova Alexandria

Rua Engenheiro Sampaio Coelho, 111
04261-080 – São Paulo-SP
Fone/fax: (11) 2215-6252
Site: www.novaalexandria.com.br

Preparação de originais: Marco Haurélio
Revisão: Juliana Messias
Capa: Viviane Santos sobre ilustração de Severino Ramos
Editoração Eletrônica: Viviane Santos
Ilustrações: Severino Ramos

Dados Internacionais de Catalogação na Publicação (CIP)
Angélica Ilacqua CRB-8/7057

Yazbek, Mustafa
  Viagem sem volta, Aventura de um imigrante / Mustafa Yazbek; ilustrações de Severino Ramos. – São Paulo : Editora Nova Alexandria, 2019.
  72 p. : il., color.

ISBN: 978-85-7492-467-0

1. Literatura juvenil 2. Romance I. Título II. Ramos, Severino

13-0611   CDD 028.5

Índices para catálogo sistemático:
  1. Literatura juvenil

SUMÁRIO

A descoberta	07
Rumo sul, bem cedo	17
Primos ao Sol	29
Sempre o crepúsculo	49
A chave da noite	57
Retorno	69

Em memória de Nicolau Yazbek

Esta história foi construída com informações reais e ficcionais.

A descoberta

De repente cessaram os lamentos e as canções que enchiam todo o espaço do quarto onde ele dividia a cama com sua mulher. O silêncio havia afastado mais ainda a casa dos arredores da estação rodoviária e somente acabaria rompido pelos soluços da empregada que trazia, a passos longos, o copo de água que ele, ajoelhado no cimento, lhe pedira um minuto antes.

Sofia foi a primeira a ser chamada e veio logo com o marido, que quase se arrastava nos sapatos acima do número, feito alguém que se esforçasse por manter o equilíbrio sobre um par de canoas. Ela procurou pela mãe em todo canto.

— Aqui! Aqui! Onde você está?

A mãe estava ali, mas as duas não se notaram. Sofia olhou para o enfermo vencido, que ostentava uma estética pálida de manequim de loja. Ela não via aquela face desde quando testemunhara sua saída de casa entre gritos e blasfêmias paternos, no fim do ano anterior.

Na cama, o rosto estava em parte escondido por um braço que mal deixava ver a testa franzida; o nariz quase tocava a parede. O homem tinha a expressão de quem não dispunha de espírito propício a receber a visita que fosse. Ou até, dependendo de quem observasse, a expressão de quem já não dispunha de espírito qualquer.

O cheiro intenso de anis da sua bebida predileta, a mesma dividida com amigos dia sim e dia não na praça empedrada da distante aldeia de seu país natal, levava a uma garrafa que não se via. Em uma pequena folha de papel sobre a mesinha, palavras de não muitos momentos antes, na língua adotada, esboçadas com letra quase infantil:

> Eu, de pequeno,
> Colhia amoras na rua da tia,
> Pois na minha rua não havia.
> Sorria, cantarolava,
> Olhava todo o céu,
> A ver se Deus aparecia.

Será que teve o vislumbre de rememorar alguma coisa durante os momentos derradeiros do colapso? Se, como dizem os crentes desse tipo de coisa, realizou uma viagem instantânea às origens e teve tempo de explorar a nitidez com que tal viagem se lhe configurou, quem sabe não recordou a conversa mantida entre seus pais pouco antes da partida do patriarca para fazer a América. Conversa decorada pelo menino de tanto a mãe a ter repetido como uma legenda registrada de episódios da vida familiar.

Chegara o dia da despedida e lá partia o cortejo de parentes e amigos até o cais do porto para o adeus tumultuado. Cumprido o ritual, iam todos a caminhar rumo aos preparativos do recomeço da vida em casa. Foi quando sentiram falta do menino. Já era bem tarde, escuro apesar do céu estrelado, e desencadeou-se a busca cega por toda a vizinhança, aos gritos:

— Menino, onde você está?

— Não desapareça!

— Responda, idiota! Responda!

— Volte para nós! Venha com a gente! Venha cá!

Não encontraram coisa qualquer até alguém sugerir que pesquisassem pela beira-mar. Dirigiram-se à praia e ali estava o garoto sentado no porto, com o olhar fixo no ponto onde as ondas começavam a tomar forma. Ele pareceu não ouvir ninguém chegar e nem as vozes, umas preocupadas e outras encolerizadas, a chamar por seu nome.

O primeiro parente que se aproximou sacudiu-o com força e com os dois braços. Outro lhe perguntou:

— Mas o que faz aqui sozinho, a esta altura da noite?

O pequeno moveu o rosto sem a menor pressa, como quem despertava naquele instante de um bom sono:

— Estou esperando aquele navio que levou meu pai trazer ele de volta...

Nunca foi mesmo dos mais organizados, e Sofia podia de novo comprovar aquilo que já conhecia de cor, agora em meio a um silêncio definitivo. Após choros sufocantes, orações murmuradas, afagos incessantes trocados com parentes e com amigos, ela se entregava à tarefa mais de uma vez adiada. E deu início, com certa pressa, ao trabalho arrastado da arrumação.

Notou folhas soltas, soltas à vontade, como a que agora ela manuseava e onde se registrava um poema rabiscado em árabe e que chamou sua atenção enquanto se esforçava em dedicar-se à triste tarefa de colocar em ordem o quarto caótico:

O primeiro desceu das montanhas
Solitário.
Abandonou a rainha de Baalbeck.
Um salto e o oceano atrás.
Passos, dor e mais tanto.
Trilhas escancaradas
E a tumba num canto.
O primogênito herdou olivas,
Horizontes.
Porto de um lado e do outro, fontes.
Mercador feito de si
E para si.

Sofia leu o poema, com o recurso de toda sua limitada capacidade de decifrar um texto no idioma paterno. E releu e releu. Recusou-se a aceitar a atribuição da responsabilidade da autoria ao pai. Não fazia sentido. Sim, sabia o quanto ele sempre havia apreciado o prazer solitário da leitura, fosse no próprio árabe de origem ou no idioma de outros países, como o português da terra que o aceitara e lhe abrigaria o corpo para sempre.

A escrita de poemas do pai representaria assim uma descoberta luminosa aos olhos de Sofia. Ela até pensou, de repente, que na verdade aqueles traços não lembravam os dele. E havia mais, na língua do país adotado:

Desde Tiro e Sidon,
O sonho fértil após o mar.
Desde a costa crescente,
A maldição presente,
E a crença no ar.

Mas não era tudo. Constatou um maço de folhas que continha rascunhos e rascunhos de mais escritos. E uma pasta bege carcomida onde podia ler: Diário. Papéis não faltavam na casa, por todo lado, mas um diário era algo difícil de imaginar que ela viesse a encontrar em meio às coisas herdadas.

Embora em mais de uma oportunidade tivesse ela admitido ser a figura paterna capaz de dedicar-se de forma clandestina à confecção de uma obra dessa espécie, a verdade é que com a vida que aquele homem havia levado o resultado nunca poderia desembocar em algo que lembrasse um diário.

Agora, o que ela tinha nas mãos trêmulas era aquela pasta que guardava folhas com as letras em árabe escritas a esferográfica. Um material cujo conteúdo não revelava muita preocupação com organização cronológica. Um documento cujos primeiros indícios sugeriam a Sofia ter sido redigido de uma única rajada.

Era um material que ela pensou em proteger na maleta que portava, similar a um instrumento de estudante de colégio. Mas, antes de providenciar a adaptação do quarto a um vazio devastador, não resistiria à vontade de esboçar o início da leitura do diário, fosse ou não um diário aquilo que indicava ter sido deixado pelo pai.

A mãe havia sido levada para a casa de alguém. Enquanto seu marido dormia, Sofia em seu próprio quarto, agora o de hóspedes, já perto do dia, começou, devagar, a passar os olhos sobre uma vida que até então pensava conhecer. Mais tarde leria tudo.

Rumo Sul, bem cedo

    Eu aprendi que havia chegado a este mundo no começo do século XX, em Gibrail, norte libanês, vila com nome de anjo e ocupada por algumas centenas de habitantes na época, como agora e sempre. Mal fui batizado, já foi constatada minha saúde como muito frágil e me mantive assim, enfraquecendo sem intervalos longos de que me lembre hoje com segurança, até chegar perto de uns oito anos de idade.

    Foi ainda pequeno que gravei na memória uma informação passada por um primo mais velho e à qual eu me agarraria com as duas mãos toda vez que me sentia à beira do despenhadeiro:

— Seu nome vem do latim, Nicola. E sabe o que significa? Vitória. Nicola é vitória.

    Cresci acompanhado pela enfermidade e só não cheguei a morrer porque minha hora escrita ainda não havia chegado, conforme as palavras que ouvi da boca de quem acredita nisso. Melhor, eu precisaria viver uma vida carregada às costas e no final a colocar inteira no papel, e então deixar tudo em uma pasta nas mãos de um herdeiro que a quisesse ler.

    Com a idade próxima dos doze anos estava brincando com alguns

companheiros da aldeia, a correr pelas vielas e a fazer poses e força e caretas, munidos todos de paus e pedras e roupas. E foi quando aflorou a hérnia, uma companheira inseparável até a maturidade.

Desde bem cedo passei por pesados problemas em casa, mais que tudo pela dificuldade de entendimento com a minha irmã. Como saída vi que se apresentava a alternativa de cultivar o projeto que me conduzia para fora de meu país, viajando rumo à América. Ela e a mãe que ficassem para trás, entregues ao amparo dos mais próximos, pensei. O patriarca de nossa casa já havia feito sua viagem definitiva.

Eu havia completado dezesseis anos quando embarquei com um destino certo: a terra colombiana. Deixei o meu povo e me dirigi antes de tudo, de queixo erguido, até o litoral francês. Nessa época os libaneses não eram capazes de esconder o seu orgulho pelo país natal ser um protetorado aos cuidados dos franceses, uma terra arrancada das mãos dos ocupantes turcos pela veemência das armas.

Fui transportado na parte de um navio que mais lembrava um porão. Era na terceira classe de um navio também francês, que a mim pareceu uma imensa torre amarela. Ele tinha nome, mas não guardei na memória, apesar de ouvir alguém citar quase todo dia. Nunca prestei atenção.

Serviam a comida em panelas, cada uma para um grupo. Os viajantes eram obrigados a lavar o próprio prato, assim que conseguissem superar o enjoo, é claro, porque a sensação predominante era a de um espaço escorregadio debaixo dos passageiros, e não fazia qualquer diferença estar de pé, sentado ou deitado. Pelo menos isso me pareceu evidente durante os primeiros dias.

Os tripulantes lidavam com todos ali como quem cuida de um lote

de prisioneiros repugnantes. Claro que havia sempre os encarcerados que reagiam ao tratamento e isso provocava tenebrosas brigas: dia sim, dia não e dia sim. Os responsáveis pelos viajantes não se preocupavam em evitar a agitação a bordo.

Desembarcamos no porto de Marselha. O som das ondas que batiam contra o navio desembarcou junto, em nossos ouvidos. Para a continuação da viagem era obrigatório que constasse a assinatura, no meu passaporte e no de outros imigrantes, do cônsul colombiano.

O representante da companhia de navegação apareceu diante de nós, um homem claro, jovem, mas de cabelo sofrido e com um terno bege amarrotado. Ele se encarregou de transmitir a aguardada informação:

— O cônsul vai assinar aqui mesmo os passaportes. Fiquem todos tranquilos, por favor.

Esperamos serenos, mas a assinatura não veio a acontecer. Aquilo nos pareceu uma postura já definida de antemão: correu a notícia de que o governo colombiano não queria a presença de estrangeiros novos dentro de seu território, e menos ainda de nós.

O pessoal da companhia, então, optou pela promoção de um discreto banquete para o homem claro. Serviram à vontade bebidas — muitas delas nós, os passageiros, nunca tínhamos visto nem cheirado antes — até que ele se embriagasse. E isso o levou à liberação, sem nenhuma pressa, de mais de cem passaportes ao preço de dez dólares por assinatura calcada, cinco para o governo e cinco para si mesmo.

Enfim, o importante é que eu já me encontrava às portas da América, o continente com que desde pequeno trataram de inundar a

minha imaginação, e que sempre se desenhava diante de meus olhos como um único e imenso país à espera da construção. Era o que importava. Agora tinha à frente, para descobrir pelo resto dos meus tempos, uma infinidade de Américas.

A viagem foi longa e, assim que o navio atracou no porto de destino, em uma madrugada luminosa, para onde quer que se olhasse havia guardas armados e autoridades muito alinhadas dentro de ternos brancos. Todos preocupados em não permitir o desembarque de qualquer recém-chegado. Mal pude acender um cigarro e chegou a surpreendente informação, sem que nunca qualquer motivo nos fosse explicado: o destino atingido por nosso navio naqueles confins do universo era outro, fomos para Colón, no Panamá.

Foi então que a companhia de comércio marítimo conseguiu acesso a um sujeito dono de influência capaz de colocar à disposição um novo barco. Este navegaria até atracar em um porto hondurenho, mas avisaram que para cobrir tal trajeto seria preciso desembolsar mais vinte e cinco dólares. Verdade que se tratava de uma embarcação de carga, mas não havia escolha.

Em nosso grupo ninguém dava sinal de ter dinheiro e eu guardava ainda uns quinhentos dólares para investimento programado em meu futuro. Havia vendido, assim como vários companheiros, o único naco de terra que havia herdado e não queria de modo algum colocar o pé na aguada estrada para voltar, menos ainda porque tinha plena consciência do risco que correria se fosse apontado como um fracassado por minha própria gente. Já levava impressa, na memória e para sempre, algo registrado ainda garoto através da leitura escolar obrigatória do texto de um escritor emigrado cujo nome se apagou: "Para mim, o Líbano está no fundo do oceano".

Resultado dessa nova etapa foi que o navio de carga despejou todo mundo na praia de Puerto Castilla, em Honduras. Dali a nossa viagem prosseguiria para Trujillo, por onde fiquei sabendo que o descobridor da América havia passado, e depois para La Ceiba, lugares sempre de céu e terra incandescentes, encravados na costa norte hondurenha.

Alguém me disse que o país tinha uma vasta rede de montanhas, mas não pude perceber muita coisa durante o percurso por causa de uma leve névoa. Aquilo tudo era um planeta novo que se abria diante de nós. Eu e outros conterrâneos, mal nos instalamos, encontramos de cara, em La Ceiba, uma família de pessoas de nossa fala, gente palestina originária da sagrada cidade de Belém:

— Podem se sentir em casa. As pessoas deste país estão do nosso lado. Deus é hondurenho, todo mundo sabe.

— Deus que nos ajude a viver aqui, e melhor que seja tão perto do mar. O ar é mais cálido... — comentei.

— As pessoas desta cidade são muito carinhosas. É um povo pleno de bondade, acredite no que lhe digo. Você sabe, na casa do Pai há muitas moradas, mas esta...

Logo após nos instalarmos em várias casas e pensões conseguimos produtos que serviriam ao nosso trabalho de mascatear. Quase todos do grupo compraram malas de couro grosso, abarrotadas às pressas de mercadorias baratas. E o passo seguinte seria óbvio: providenciar compradores na região.

Porém, eu não. Fui incapaz de reunir a força necessária, mas um sujeito gordo feito um prefeito me ofereceu lotes de mercadoria duas vezes mais cara que a do comércio atacadista local.

Assim, durante cerca de dois anos eu, o jovem recém-chegado, trabalhei para ele, dia e noite, quase sem nunca dispor do tempo livre suficiente para escutar um bolero. E, no dia do acerto final das contas com aquele gordo acolhedor, ainda recebi a informação da necessidade de zerar uma dívida pendente de cinquenta dólares.

Depois desse período de permanência em La Ceiba eu já conhecia bem o lugar e a freguesia, e me orgulhava de haver aprendido a tatear a superfície do idioma local, com exceção das farpas do sotaque. Elas ficariam pelo resto da existência a arranhar minha garganta sem qualquer misericórdia, a atrair a atenção de zombadores e professores. Por isso me arranjei do jeito que foi possível, juntei também algum dinheiro, controlei a sede constante que me empurrava de volta para casa e paguei o sujeito. Minha carreira continuava.

Foi aí que comecei a beber, não como um ser humano talvez movido por impulsos profundos, e sim como um animal entregue aos líquidos ardentes, isso segundo minhas próprias palavras quando questionado mais tarde.

Tudo o que eu ganhava gastava dessa forma diluída. Claro que sempre que podia recorria ao camarão frito, quase torrado em sua abundância. Não prejudiquei ninguém que eu saiba, mas permaneci nove anos a me escorar aqui e ali em garrafas e paredes, com a vida arrastada pela superfície terrestre ao alcance de minhas unhas mal cortadas.

A cada mês os mascates se entregavam a duas ou três viagens para a região chamada de Costa Alta. Pela linha de ferro que uma empresa norte-americana havia estendido, o trem levava seis horas no percurso de noventa quilômetros. Mas, alguém tinha pressa?

  Aquilo não chegava a ser algo torturante. Podia até receber o nome de passeio quando comparado com caminhadas anteriores por entre os bananais, a chafurdar em meio às trilhas de lama e caçados por mosquitos quase sempre premiados pela malária — sem demora nós mesmos tão premiados quanto esses insetos. A missão era cumprida sob um sol que parecia de vez concentrado no alto. E somente no alto e nada mais do que no alto da cabeça.

  Havia uma ou outra casa, sempre todas feitas de sapé cor de laranja. O alimento era — com poucas chances de não ser — intragável, mas entre desmaiar e desmaiar o jeito era engolir para que não se despencasse solo adentro.

  Eu bebia café em lugar de água, preocupado em poder me entregar com maior prazer ao fumo. Cheguei a tragar cem cigarros em um único dia, até porque jurava ter ouvido de alguma autoridade médica a garantia de que aquilo era um poderoso recurso contra a ansiedade. Meti na cabeça que tal prática era um reforço no pensamento cotidiano.

  — Que distração tenho aqui, sem ser essa de fumar? — eu não me cansava de repetir.

  Além de tudo isso, tinha mais de oitenta quilos de peso: aos olhos locais eu não passava agora de mais um imigrante árabe perdido no cenário, às costas minha mala com armarinhos e uma dúzia de chapéus e uma maleta abarrotada de roupas feitas embrulhada com encerado para não permitir a contaminação pelo suor. Eu e os meus conterrâneos colegas de trabalho andávamos sempre a pé, sem alternativa, até que aquilo se transformava em um costume de cuja prática ninguém nunca mais se lembrasse.

Quase não se via estradas, então a solução era abrir caminho do jeito possível. E havia os perigos com data marcada, como se comprovava por ocasião do aguardado dia do pagamento dos trabalhadores das plantações. Estes homens sempre se embriagavam até o chapéu e o resultado era que se tornavam alvos recíprocos ambulantes. Todo mês abundavam notícias sobre mortes ocorridas às dezenas pelas fazendas afora, a tiros secos de revólver, a golpes abertos de facão, a pauladas verticais. Essa parecia ser a tradição, mas a criatividade sempre estava presente quando se tratava do impensado extermínio do próximo.

A essa altura eu já estava informado de que o hondurenho costuma ser um sujeito muito bom quando não bebe. Gente respeitadora, verdade, era só observar com cuidado para ter certeza. Entre si eles se tratavam de *don*: era *don* para cá e *don* para lá. Um cortejava o outro como se estivesse diante do próprio rei da Espanha. Respeitavam até mesmo os estrangeiros e isso nos abrangia, os mascates de passos oscilantes e de barba sempre por fazer.

E muito honestos, eram eles. Pude comprovar uma vez em meus próprios bolsos, quando recebi, transmitida por mais de uma fonte, a notícia de que um senhor andava ruas adentro à minha procura, desesperado. Pelo nome eu soube que se tratava de morador de uma cidade vizinha.

Dei de cara com o visitante, e ouvi:

— Melhor que a gente se encontrou agora, amigo. Deus existe. Andei mais de trinta quilômetros para acertar nossa dívida antes de gastar todo o dinheiro por nada.

— Não tenho palavras para agradecer...

Dessa forma teve início a conversa. E não se tratou de um caso isolado. Eles eram assim.

Primos ao Sol

    Passei cerca de oito anos seguidos entregue à batalha permanente de quem sobrevive como mascate. Mal percebi a velocidade do tempo decorrido. O período desembocaria naquelas crises econômicas devastadoras da década de trinta. Os trabalhadores acostumados ao ganho de seus sagrados dez ou quinze dólares por dia viram a renda despencar em um único amanhecer para setenta ou oitenta centavos, sem que eles pudessem ameaçar reação.

    E a violência veio anexada a alfinete. Na região onde eu vivia chegaram a ser assassinados em menos de uma semana quinze mascates, nacionais e estrangeiros. Aos meus olhos, a coisa era de porte tal que não deixava em nada de lembrar as guerras sangrentas da minha terra natal. E veio a ausência do sempre afiado alfanje, que descansava em casa para lá da linha do mar, instrumento a tal altura já enferrujado.

    Sobraram cinco homens do grupo original e nenhum demonstrou mais qualquer vontade de prosseguir. Eu achei melhor concordar com quem me aconselhava a abrir uma loja, alternativa um tanto segura, porque assim não se facilitaria a chegada da morte traiçoeira de um instante para o outro.

Parecia bem comum os moradores dali comentarem que os bandidos exterminadores de mascates, em troca de fosse qual fosse o balangandã carregado, nunca eram em qualquer hipótese hondurenhos, e sim gente de fora: guatemaltecos, nicaraguenses, salvadorenhos, sempre pessoas perseguidas em fuga de suas terras de origem. Eu soube que havia lugares onde trabalhadores chegavam a ser jogados ao mar para que tubarões se encarregassem de sua carne tida como intrometida. Tanto fazia o sujeito ser um herói ou não ser.

Como estava habituado às caminhadas, custei a me adaptar com a permanência o dia todo plantado de boca aberta atrás do balcão de minha pequena loja. Certa vez ouvi a sugestão displicente e bem intencionada de um cliente:

— Aprenda a tocar uma flauta, amigo. Música ajuda a gente a não empedrar.

— Tenho ouvido bom para flauta. Meu avô tocava a dele lá nos fundos de sua casa.

— Então a música já faz parte de sua vida. Tente praticar. Ela chama mais pessoas...

Até que tentei, mas a tristeza que veio com as notas do instrumento se impôs feito um trator e eu ainda sabia ser incapaz de chegar um dia a me transformar em músico de verdade.

Depois de tantos anos inteiros em Honduras, o saldo era alguma experiência comercial e o domínio suficiente do idioma espanhol para meu cotidiano. Em dinheiro, tudo o que havia conseguido se resumia a uma reserva de mais ou menos oitocentos dólares.

Levava na memória referências gravadas dos homens mais

velhos de minha aldeia a respeito de outro país das Américas de portas escancaradas desde o século anterior, quando seu próprio imperador barbudo visitara os libaneses em busca de gente disposta a fazer as malas às pressas e embarcar para o trabalho pesado.

Acabei então convencido de que valia mudar para o tal Brasil, sair daquele clima de quarenta e três graus à sombra, abandonar tanta umidade de porte africano. Até mesmo porque viajantes mais do que viajados que antes eu conhecera me haviam feito acreditar que o calor brasileiro era aconchegante, menos intenso, mais humano. E eles asseguraram diante de minha postura incrédula: era uma região que não comportava furacões ou terremotos nem coisa que fosse parecida; as pessoas ali não sabiam o que era isso.

Mas meu destino foi outro, e mais próximo. O país dos brasileiros ainda estava muito longe, o que importava era sair, e foi o que fiz, com uma carta de recomendação guardada no bolso de dentro do paletó rumo a Belize, a colônia inglesa em Honduras. Viajei doze horas a ondular metido em um barco.

As pessoas indicadas na carta foram muito receptivas e ofereceram ajuda de sobra, mas hesitei em aceitar minha instalação na nova terra, até porque sonhava com outro destino. Parecia maior a cada dia o imenso obstáculo de não conhecer nada do que se falava por toda parte: descobri como quase todos dominavam o inglês naquela terra e eu não sabia nada a respeito dessa língua.

Fiquei ali uns trinta dias e depois mergulhei num navio de carga, que se deixou levar pelas águas até que foi acolhido por um porto na Jamaica. Também nessa terra falavam o mesmo idioma, mas tive a sorte de encontrar uma família constituída de distantes parentes de minha mãe. Quiseram prestar ajuda para que eu montasse uma estrutura mínima e me estabelecesse por lá, porém, mal tinha completado vinte e quatro horas, eu optei outra vez pela recusa:

— Vou ser capaz de viver para sempre num lugar desses, onde todo mundo só fala inglês?

— Não se preocupe. Idioma é coisa que a gente aprende quando menos percebe — alguém informou.

Um desses imprevistos parentes jamaicanos se deu ao trabalho de me acompanhar até o escritório de um advogado indicado para dar informações sobre as condições exigidas de um estrangeiro que quisesse permanecer de vez no país. Fui mais por curiosidade.

A recepção foi cordial da parte de um mulato assando em paz por detrás de sua gravata lilás. Quase não nos ouviu e discorreu sobre coisas pouco claras. Por fim, ele encerrou quando nos revelou uma determinação da Justiça local:

— Pode ficar seis meses em caráter transitório e depois cuidar da renovação da sua presença.

— *Thank you* — respondi, com o recurso a uma das poucas coisas aprendidas no idioma local.

Eu não parava de ouvir comentários sobre como endinheirar no Brasil, em lugares enriquecidos pela borracha, pelo cacau ou pelo café. Ou menções à crescente esperança concentrada nas fábricas que eram inauguradas todos os dias nas cidades generosas do chamado país-continente.

Procurei os representantes brasileiros. Havia um cônsul, e logo

descobri que o homem na verdade era colombiano, o senhor encarregado de negócios, como todos os moradores dali o designavam com respeito. Dele ouvi:

— Para entrar no Brasil o senhor vai ser obrigado a apresentar um documento que comprove um chamado proveniente de lá, por parte de algum parente.

E antes que eu, o estrangeiro, fizesse qualquer comentário, ele acrescentou que, conforme lei vigente, deveria botar também cinco mil dólares sobre a mesa.

Respondi, logo após respirar com força:

— Se eu tivesse uma quantia dessas para mostrar, a esta altura teria garantido uma vaga no paraíso...

— Tente então um outro lugar mais barato, amigo. Existem paraísos de todo preço... — foi a cordial frase de despedida do senhor encarregado de negócios, enquanto se erguia sem qualquer pressa e arrastando a cadeira junto.

Os dias seguintes foram dedicados a uma pesquisa que desembocaria na decisão de me dirigir à ilha de Cuba. Por que não? Para ser transportado de Kingston, a capital jamaicana, até Santiago de Cuba, eu paguei vinte e cinco dólares de avião. Já haviam me avisado do calor dos infernos que fazia em Santiago, mas eu estava até bem preparado: o calor viajou junto comigo.

Quase três horas de voo se passaram e ao final, no desembarque, precisei depositar quatrocentos dólares suficientes para que fosse admitido pelas autoridades em território cubano.

Dois dias amenizados por música da mesma forma quente e

que parecia vir de todo lado foram a introdução. De Santiago, precisei me enfiar num ônibus trepidante até Havana, a capital, uma viagem espremida ao longo de quase um dia e de vários lugares: Palma Soriano, Camagüey, Santa Clara, Matanzas.

Mal desembarquei na cidade de Havana e já tratei de sair de mala e tudo em busca de um hotel recomendado antes pelos patrícios radicados na Jamaica. Ele ficava na rua San Nicolás, e intuí que teria dificuldades de esquecer esse nome que remetia a uma das infinitas versões do meu próprio.

Cheguei ali às seis horas da manhã e fiquei plantado, encostado junto à porta no aguardo de alguém disposto a me dar atenção. Não completei uma hora e vi a figura de um patrício que se espreguiçava como quem rasgava o quarteirão. Com passadas lentas, o homem saíra para comprar verduras e me dirigiu, cordial, um convite na língua de minha casa: pedia que eu o acompanhasse.

Não entendi como aquele estranho conterrâneo havia descoberto minha origem. Nem tratei de lhe perguntar a respeito. Continuei atento ao que dizia:

— Venha comigo, primo. Eu ajudo você a encontrar um hotel bem melhor do que esse daí. Existe mais de um, confie no que digo. Dá para escolher. E vamos conseguir um onde os donos são gente da nossa, patrícios. Pode vir.

Falei que não, que não precisava, não. Agradeci. Na realidade tive um bloqueio provocado pela observação da face do homem: cara de ladrão, se é que isso existe, eu refleti. Enquanto isso, ele providenciou sua compra do lote de verduras e voltou. O cheiro me remeteu a odores

da minha montanha natal, uma mistura envolvente de romãs, de amêndoas, e de água de flor de laranjeira. Como já estava bem cansado da espera, decidi ir com ele.

    Ao chegarmos ao hotel indicado pelo sujeito, este se adiantou e tratou de negociar na própria portaria. A coisa foi até que bem rápida. Depois, subimos um lance da escadaria de madeira e ele mostrou um quarto. Fez uma discreta reverência enquanto depositava a chave em minhas mãos e disse:

— Ninguém entra em seu quarto.
— Obrigado, primo — respondi.
— Às suas ordens.
— Obrigado — repeti.

Deixei as minhas coisas no quarto, fechei a porta e me retirei com a intenção apressada de dar um passeio em seguida pelas ruas de Havana. Conheci alguns becos e balcões enquanto as solas das minhas botinas resistiram.

    Ao pôr do sol, voltei ao meu quarto e encontrei um sujeito miúdo ali dentro, ele chafurdava em suor, encurvado, a observar os quatro cantos, e girava em torno do próprio eixo. Antes que eu abrisse a boca para meus berros, ouvi a explicação do primo intruso:

— Achei um centavo no bolso do seu paletó...
— Então esse filho de uma desgraçada queria achar mais do que um centavo... – pensei rápido.
— Desculpe... Já me vou, irmão — ele ainda se deu ao trabalho de dizer.

Respirei fundo, me controlando do jeito que foi possível para evitar escândalo e pancadaria, mas consegui botar o invasor para fora

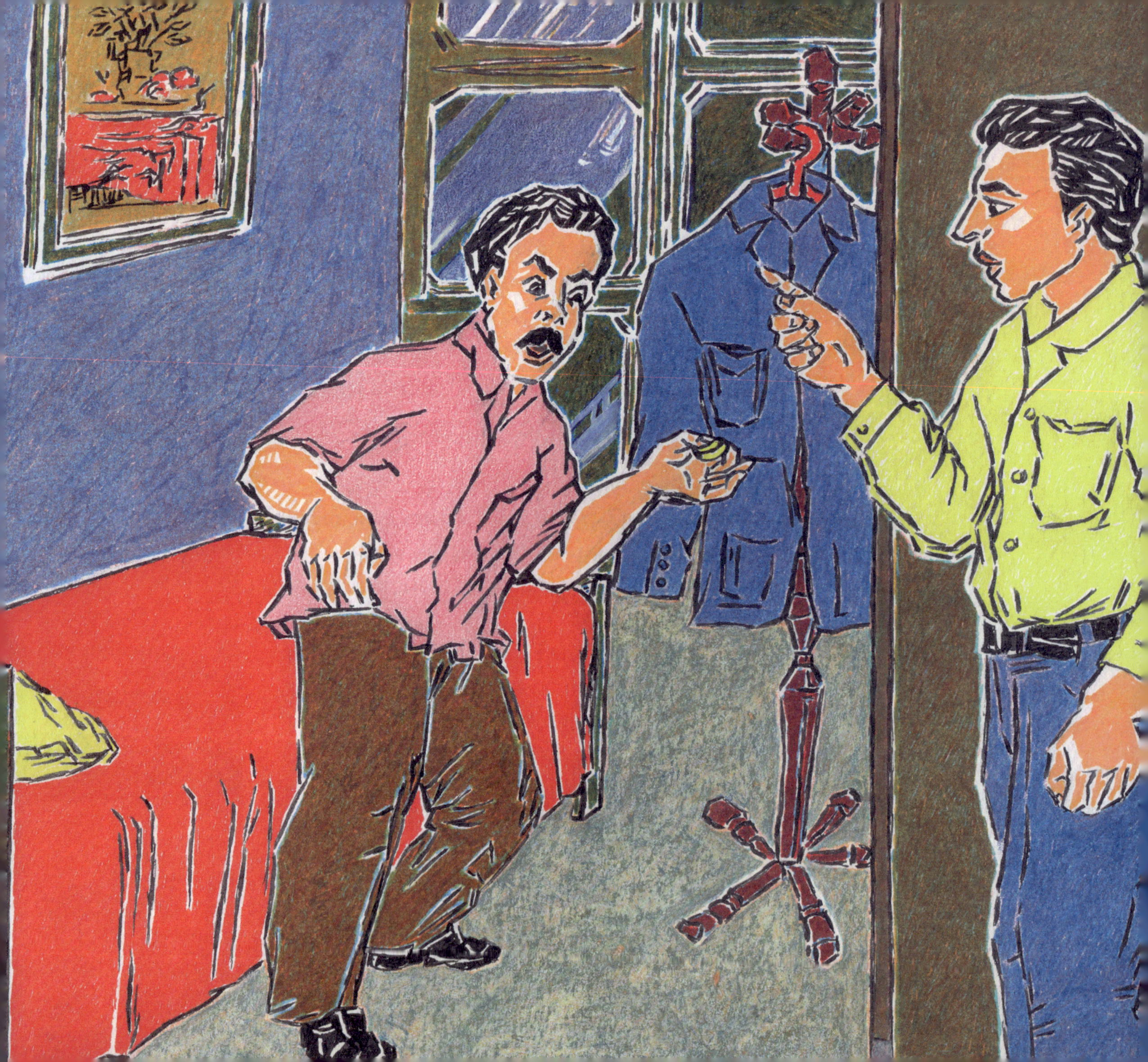

amparado por resmungos em meu, em nosso próprio idioma e, junto à porta, me fazer entender em uma interminável frase da língua local:

— Suma daqui agora mesmo antes que a morte chegue, maldito inseto repugnante!

Em transe, juntei todas as minhas posses de forma desajeitada e cuidei da mudança nas horas seguintes para o hotel anterior, o da rua San Nicolás. Escolhi o quarto que me foi apontado como o mais barato ali disponível, abastecido de duas camas carcomidas, e por isso decidi pela solidão, pronto a pagar o preço solicitado. Passaria os vinte dias seguidos hospedado naquele local.

Estava já um tanto acostumado à rotina da espelunca de paredes descascadas quando, certa noite, apareceu um bando barulhento para o festejo de algo no hotel. Gente toda de uma outra cidade cujo nome se apagaria da minha memória. Para a acomodação de todos os visitantes, o dono tomou a liberdade de botar um sujeito na segunda cama do meu quarto, enquanto eu dormia.

De manhã, mal me levantei e descobri: eu não tinha mais paletó nem chapéu. Dinheiro o hóspede não levou, mas tratou de escolher passaporte e papéis. O dinheiro não poderia ter sido escondido de forma mais adequada, estava bem amarrado ao meu corpo.

Corri para tomar satisfações com o dono do hotel e ameacei aos berros chamar a polícia, de modo que o homem se amedrontou inteiro e ficou até sem voz enquanto se explicava. Bem que eu já desconfiara: o hotel era fachada de alguma outra coisa.

— Prometo ajudar a encontrar esse ladrão, senhor. Acredite, não digo isso só para lhe agradar — foi o que informou o proprietário, com as mãos a descansar sobre os meus ombros trêmulos.

— Mas não aceitei o preço das duas camas? Custava tanto que ao menos se dessem ao trabalho de avisar?

— Sim senhor, sim senhor... — era a resposta invariável do outro a qualquer coisa que eu perguntasse.

O homem concordou com tudo o que eu dizia e procurou policiais seus conhecidos para lhes comunicar o episódio. Para a vítima, eu mesmo, o resultado só podia representar profunda preocupação: não conseguia provar quem era, pois agora não sobrava mais qualquer documento. Saí em busca de um parente estabelecido na melhor região comercial da cidade.

Ele identificou-se como um daqueles parentes longínquos e esquecidos. Havia se transferido para Cuba antes do meu nascimento, e por isso se distanciou assim ainda mais. E me pareceu uma inexplicável coincidência esse parente desconhecido manter amizade com o dono do hotel.

Preferi somente pedir o socorro e não comentar os detalhes do ocorrido. Tive ajuda do primo para providenciar um novo passaporte com o cônsul libanês da cidade, na verdade um indiferente senhor marselhês que falava o árabe aos tropeções.

O episódio foi suficiente. Resolvi, certa manhã, deixar Havana munido de uma carta de recomendação assinada pelo tal parente. Tomei a direção da província de Santa Clara. Gostei desse nome, achei luminoso e depositei toda a esperança nele, mesmo sem ter a religião presente a esse ponto em meu cotidiano: pratiquei uma espécie de acordo.

Fui recebido em um povoado local, Verde Luz, com amabilidade por um conterrâneo; ele me forneceu sem demora alguma mercadoria para que eu começasse as vendas ali mesmo, pelos arredores. Em três meses de caminhada não consegui muitos resultados positivos no universo do comércio. E não havia missa de domingo que se mostrasse capaz da solução do quadro que se montou.

A coisa estava bem ruim em Cuba. Não sobrava tempo para nada. Tantas noites eu quis apenas fumar um charuto e peguei no sono antes de conseguir. Até com os cotovelos postos sobre mesa de bar, acompanhado de gente que mal havia acabado de conhecer, isso aconteceu.

O período se revelava impiedoso por todo lado, era o que mais se ouvia, mas na ilha era demais. Mais do que em qualquer parte do mundo, as pessoas comentavam em toda esquina, em todo boteco, e eu só fazia acreditar.

Amigos e conhecidos, mascates ou não, podiam desaparecer e de repente voltar, como ocorreu com Said, um vigilante. Em turbulenta entrevista realizada na noite em que eu completava uma semana, no principal hotel da cidade, o delegado, que tão bem conduzira as investigações, confirmou por fim aquilo já apontado em boatos por todo lado: havia sido possível a elucidação do crime do casarão de uma importante família de agricultores, ocorrido às primeiras horas do primeiro dia do ano anterior, ainda em meio às festas.

Como era do conhecimento de todos os habitantes de Verde Luz, naquela noite, feliz para tantos e fatídica para a vítima, uma série de estampidos de armas de fogo chamou a atenção dos moradores vizinhos do casarão claro feito algodão, situado ao lado da igreja matriz.

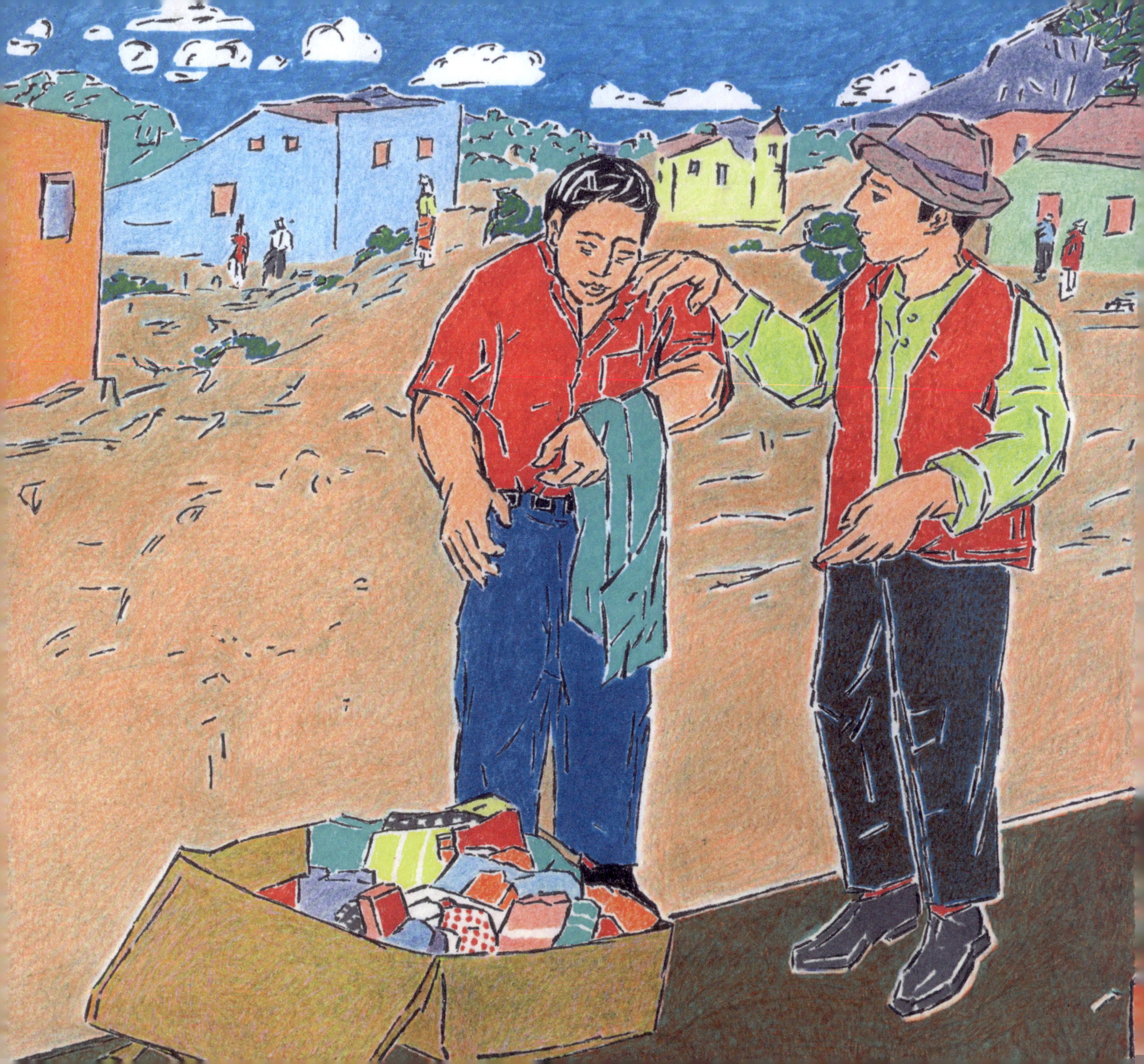

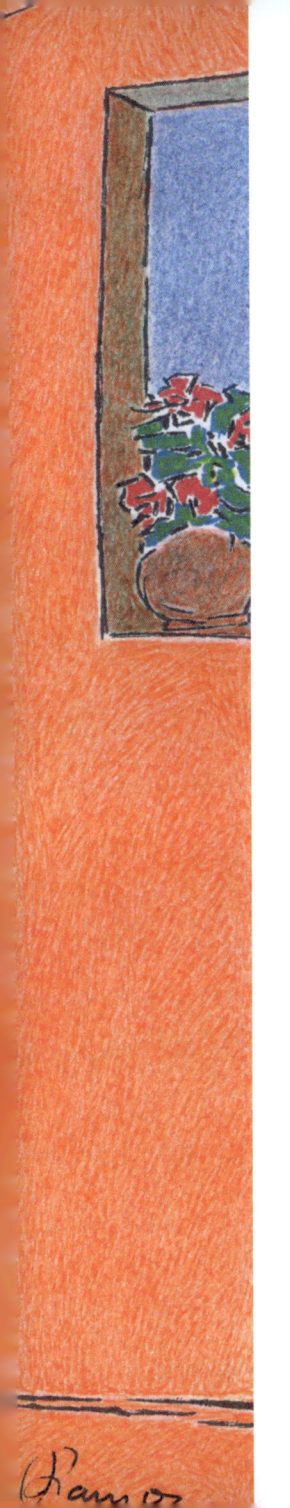

Dita residência se encontrava vazia em virtude de uma viagem dos moradores à capital da província.

As primeiras pessoas demoraram para chegar ao local, pois os tiros foram no começo confundidos com o estouro de rojões das comemorações do momento. Essas pessoas, entre apavoradas e curiosas, encontraram no portão o guarda-noturno, conhecido apenas como Said, com a cara emborcada numa poça de sangue. Ele ainda se debatia agarrado ao chão onde estava estirado.

A vítima não portava documento e tampouco foram localizados familiares. Sabiam apenas que Said viera de paragens distantes, desconhecidas, que trabalhara como mascate até o cansaço, que residira desde a chegada, sozinho, em um quarto da Pensão Mariana, numa alameda junto ao rio. Poucos sabiam que língua era aquela que ele usava para se fazer entender e à qual parecia desejar manter fidelidade.

As investigações tiveram início logo após a constatação do ocorrido, conduzidas com perseverança pelo delegado, mas decorreram meses inteiros até que pudesse ser apontado um suspeito. Enfim aconteceu, e então se comprovaria que tal suspeito, sempre mantido sob estrita observação, era de fato o assassino.

O delegado apresentou a pessoa à população, e esclareceu assim um crime que perturbou a paz e a normalidade da vida da cidade ao longo de tantos dias e que já minava a consciência da operosa e ordeira comunidade verdeluzense.

O responsável, residente em pequena e oscilante casa de madeira nos arredores da cidade, na saída leste, com mulher e uma menina, acabou se entregando às autoridades, pois já pressentia que o cerco se fechava. As investigações faziam surgir indícios, a partir de cruéis denúncias anônimas, que o incriminavam.

O mais espantoso de todo esse caso é que o senhor acusado declarou ter vitimado sem pena o guarda-noturno Said por puro ciúme profissional descontrolado, segundo suas próprias e gélidas palavras. O chefe da família, o patrão, antes de sua viagem, havia destituído a vítima desse cargo em virtude de frequentes ausências e atrasos. Além disso, para agravar a coisa, em duas oportunidades do último ano no emprego o vigilante permitiu que dois aparelhos de rádio fossem surrupiados por larápios enquanto se entregava a sono solto durante horário de trabalho.

De início, o criminoso aceitava com a serenidade de um monge o desígnio que faria dele um rosto a mais entre os derrotados que circulavam em ruas da cidade e em campos vizinhos na busca de opções para o ganho da vida, de forma honesta ou não.

O matador tornou-se esporádico ajudante do alfaiate morador ao pé da serrinha. No entanto, foi arrebatado pela violenta crise de ciúmes, que o fez atingir assim o arrasador estado de espírito que o levou a um crime de tamanha frieza. E era incapaz de esmagar um inseto sem sentir compaixão, conforme testemunho daqueles que o conheciam de perto.

Contou ele a todos os presentes que, na noite do crime, dirigiu-se ao portão do casarão da família agricultora onde, após doses bem tragadas de bebida alcoólica, aguardente das mais ardentes, produzido pelo respeitado alambique da fazenda Gregos, com o intuito de comemorar o novo ano, surpreendeu sua filha moça, muito moça sentada no colo de Said. Este, sem camisa, esperava que ela, com linha e agulha, lhe terminasse um remendo. O assassino dirigiu todas as ofensas recordadas ao guarda-noturno, o tal Said sem sobrenome nem documentos nem fala em linha reta.

A cidade inteira estava entregue à ensurdecedora comemoração da passagem do ano. O matador não precisou de pretextos e tirou uma carabina do alforje que carregava. Com essa arma estraçalhou a face e a vida de Said. Um único disparo foi desferido com o cano encostado no rosto do vigia, entre os olhos. A seguir, aos gritos, imitando com a voz o som seguido de outros tiros da carabina apontada para o alto, arrastou a menina por um braço e desapareceu do local.

O próprio algoz respondeu que Said não tinha o direito de roubar o emprego de um cidadão verdeluzense honesto e trabalhador, e depois ainda lhe demolir a família. E acrescentou convicto que o forasteiro nem sequer conhecia a família de agricultores quando chegou a ser indicado para o cargo.

Não foi nada fácil para os policiais o controle da multidão que combatia até consigo mesma, disposta a qualquer instrumento para linchar aquele matador ali em plenas dependências do Hotel Cubanos, onde se realizava a entrevista do delegado, que apresentou a todos os interessados o culpado.

Agora, o assassino era preparado para a cadeia municipal, à espera da chegada do juiz à cidade, o que aconteceria só com a descida das águas, pois tempo chuvoso como o desse ano nunca se vira na região, inverno de semear tristeza, e o rio já cercava, com o seu líquido escuro feito chumbo, e pela primeira vez, toda Verde Luz, uma ameaça de fazer dela uma ilha enquanto Deus quisesse.

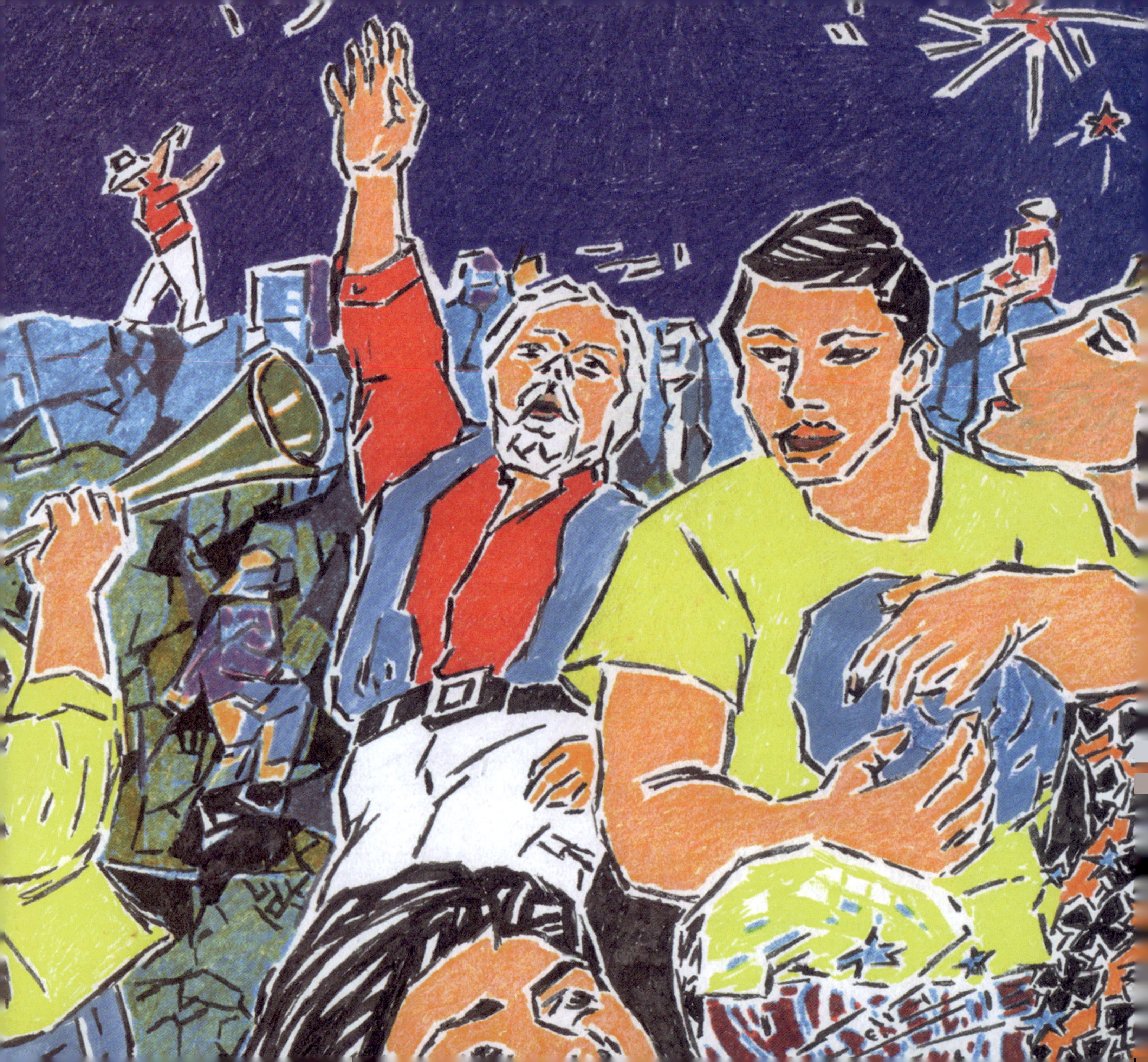

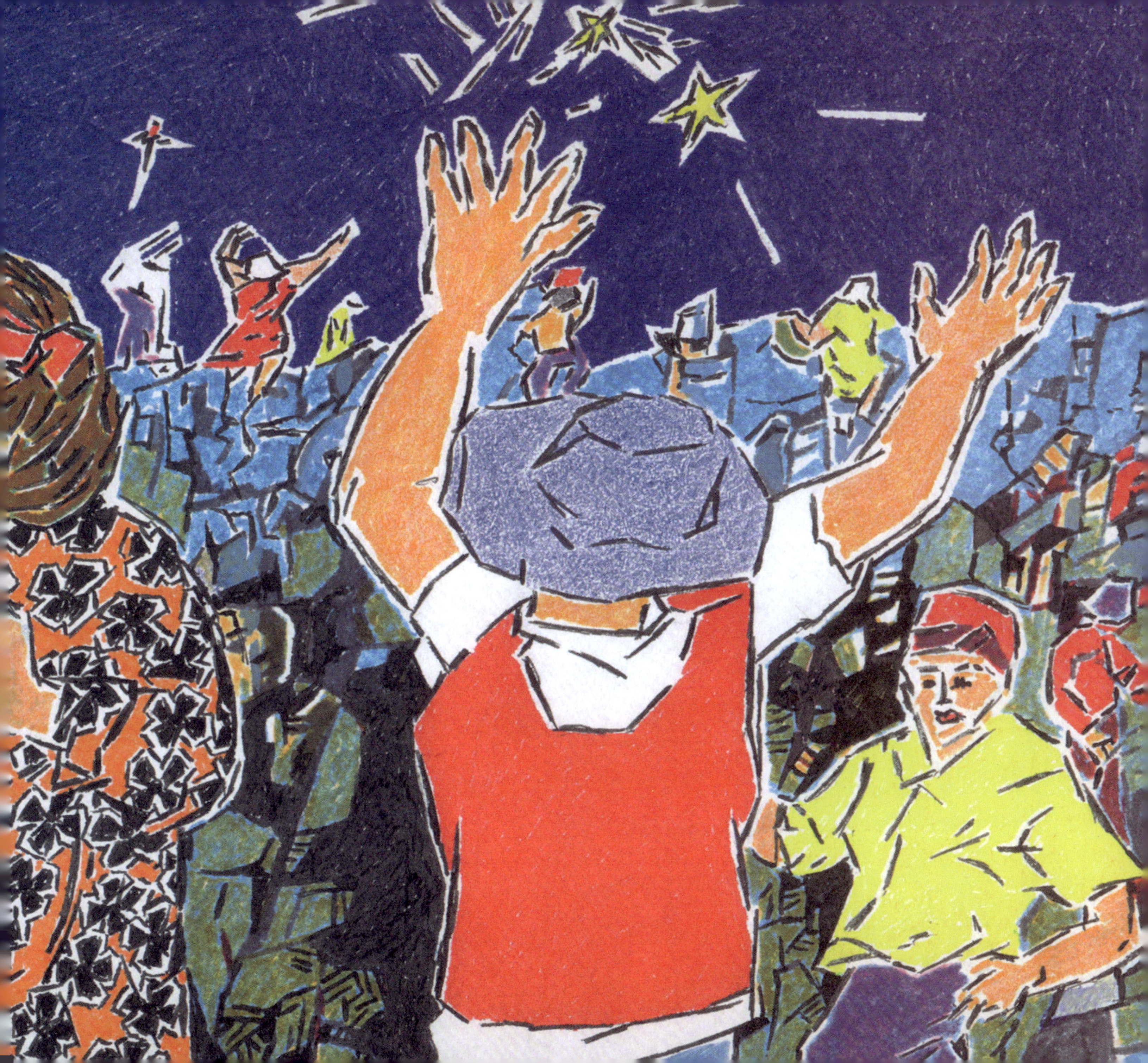

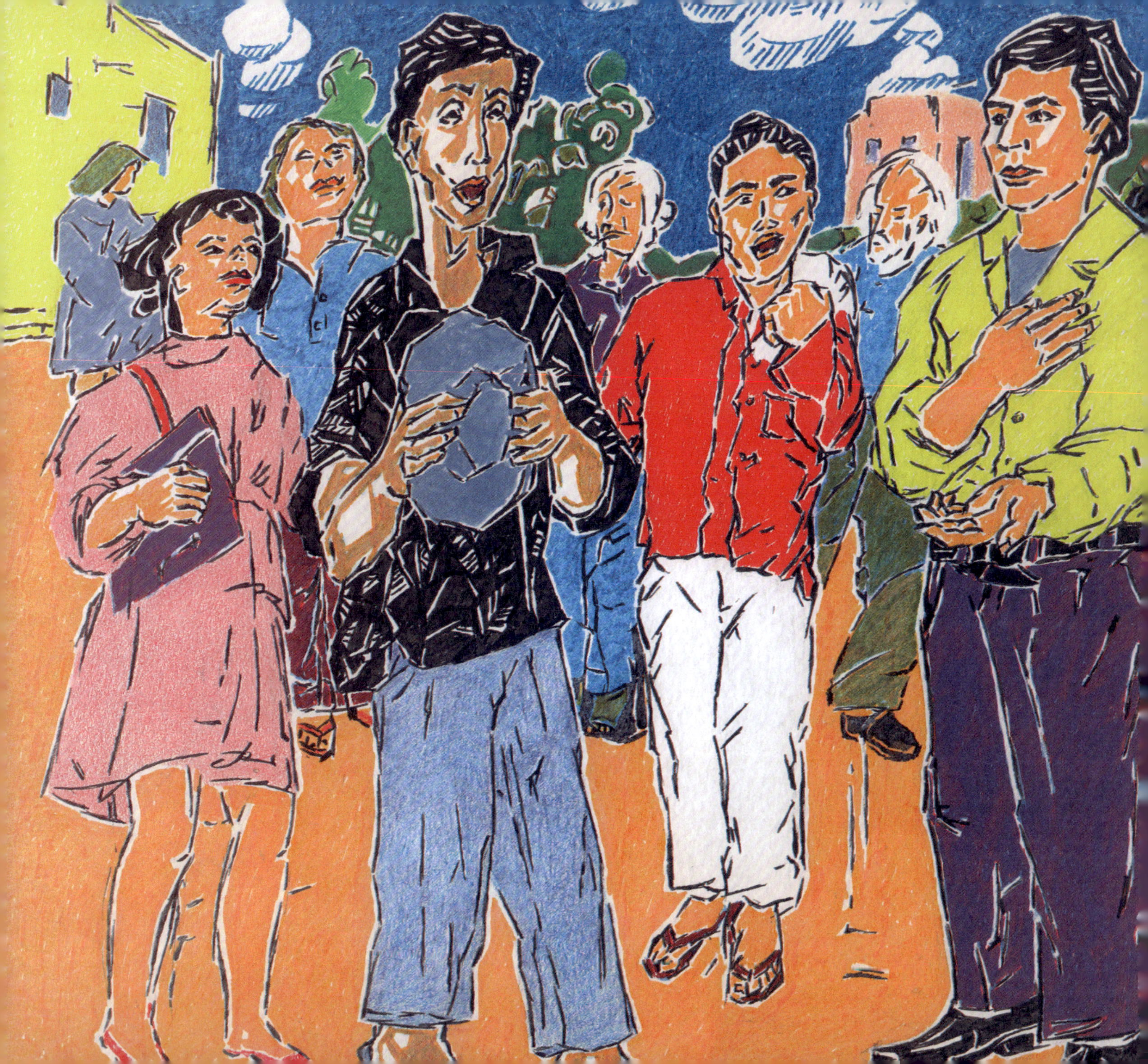

Sempre o crepúsculo

Os moradores sabiam: as companhias norte-americanas davam nesse tempo suas ordens e desordens ali. Elas cuidavam para que se cortasse cana-de-açúcar e fosse transportado o melado para território dos Estados Unidos. Das plantações de cana existentes nas limitadas propriedades, era retirada uma décima parte e o resto abandonado em pé, a apodrecer sem que ninguém tivesse qualquer chance de acesso.

O país inteiro habitado pelos cubanos se apresentava como um túnel sem luz nem saída e o povo, ou quase todo ele, fervia de indignação e frustração dentro das fronteiras. Eu procurava o ganho suficiente para as despesas inadiáveis, e inventava nessa época meus próprios jeitos de defesa.

Uma vez comprei, como costumava fazer toda semana, um bilhete de loteria. Quando saiu o resultado, perdi a voz com a descoberta de que conseguira ganhar quatro mil dólares. Quem tinha o costume de me vender era um conhecido espanhol da Galícia e eu não entendia quase nenhuma palavra do que o homem dizia. Cheguei a suspeitar mesmo que nem era em espanhol que se comunicava.

Essa novidade foi transportada pelo próprio vendedor, que me procurou por becos e ruas até o esgotamento, para comunicar sobre a premiação. Era um sujeito magro, oscilante e apareceu um dia de camisa encharcada pelo suor, com olhos arregalados e chapéu apertado pelas duas mãos contra o peito, em sinal de respeito. Foi necessário o apelo à boa vontade de outras pessoas que nos circundavam para obter ajuda a compreender o acontecido:

— Estou com medo de que alguém acabe matando o senhor só para lhe tirar o bilhete...

— Sim? Isso acontece?

— Acontece bastante...

O lugar era bem pequeno e todo mundo ali ficava mais cedo ou mais tarde informado a respeito das novidades, fossem relativas a direito divino, à vida alheia ou a dinheiro. Depois do que ouvi eu silenciei ainda mais, até que, orientado pelo vendedor temeroso, tive possibilidade de retirar o prêmio.

Colocado a par das novidades, o primo *habanero* me fez então um convite para que se tornasse seu sócio. Não precisei de muita reflexão para dar uma excitada resposta positiva, mas já no primeiro dia, pouco depois do balanço inaugural da loja para acertar no papel a situação, veio o arrependimento: descobri que o parente tendia mais para poeta do que para comerciante.

Decidi, sem permitir que notassem, passar os olhos pelos papéis onde o outro rabiscava algumas de suas reflexões. Arquivei na memória o que uma vez cheguei a ler no verso de uma nota de mercadoria, ainda de boca aberta porque sempre achei comércio e poesia coisas que nunca podiam ter algo em comum:

Antes de mim vieram outros.
Cortaram o oceano
Em grandes naves,
Caçando Tordesilhas e prata.
Água na boca e olhos no ar.
Outros antes,
Mascates de nome igual,
Mendigos da lua crescente,
Mercadores mordendo palavras
E anéis de Saturno
Nos dedos das mãos.

Fui acometido com muita frequência pela vontade incontrolável de voltar a Honduras, ansioso por rever o país e os amigos que havia deixado. Deu certo trabalho, mas senti segurança ali desde que fui capaz de pronunciar de cabeça erguida, sem ser obrigado a mastigar letras, o nome da capital: Tegucigalpa.

Nunca imaginara, lá no fundo, que chegaria a sentir na vida saudades de qualquer cidade hondurenha, de um lugar das terras americanas onde tivesse morado, mas aconteceu. E falta até das delicadas igrejas em ruínas e que eu quase nunca frequentava, preferia observar à distância. E vieram saudades em idioma espanhol.

Mudei meu rumo e providenciei tudo. Porém, quando o cônsul hondurenho folheou meu passaporte, veio a sentença em voz alta:

— O senhor não pode ir de novo para Honduras, em virtude de ter saído para sempre de lá.

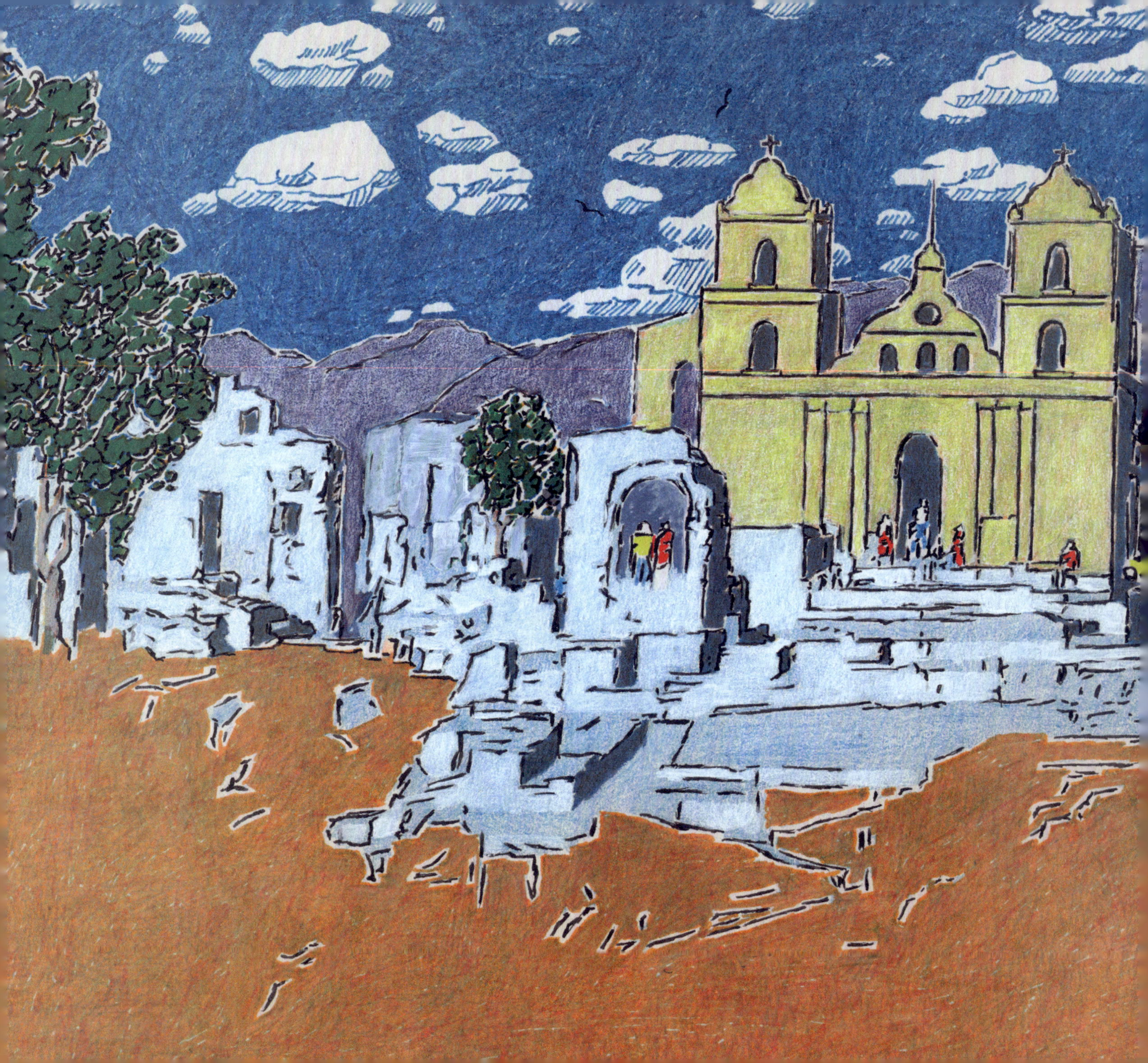

Era verdade, segundo as leis mencionadas e repetidas pelo diplomata até quase me levar a perder os sentidos. Nada podia ser feito. A adiada visita às ruínas maias de Copan, que deixei anos seguidos no planejamento com amigos para o próximo domingo, se mostrou de vez impossível de realizar: Honduras já era página corroída de minha história pessoal, o jeito era reconhecer.

Resolvi então percorrer o caminho de volta para o refúgio natal. Depois de dez anos, tudo indicava que abandonava os demônios latino-americanos. Tratei de retornar a minha aldeia que tinha o nome do anjo Gabriel, nas montanhas. Viajei entusiasmado, desesperado para matar saudades, em busca do mundo que sempre carregava junto, como o suor que vem, resseca e retorna.

Daqueles que conhecia, constatei que os mais velhos estavam abrigados para sempre, recolhidos alguns palmos terra adentro; os mais jovens, os mais corajosos, caçavam oportunidades americanas ou africanas e dentre estes não eram poucos os que nunca mais se preocupavam em dar notícias.

A época era abaixo de instável, com uma pobreza imensa que tornava comum todo conterrâneo meu encarar o próximo como inimigo. Não encontrei o vinho que antes me saciara.

Comentei mais de uma vez de frente para meu espelho embaçado, enquanto penteava os cabelos que não deixavam de se mostrar mais escassos:

— Vou ficar um pouco com minha gente e volto para Cuba ou senão para outro país da região. É isso. Porque já entendi que com meu próprio povo não me acostumo mais a viver.

Ainda com a pobreza então transbordante naquelas paragens, apenas me restava o planejamento da volta. Mas tratei de empurrar para diante e sempre mais para diante a hora da partida, voltado para o ar perfumado dos altos esconderijos que registraram o dia da minha chegada ao mundo e que tinham o papel de músculos impiedosos aptos a me aprisionar de uma vez por todas.

Minha irmã tinha se casado com um beberrão, um sujeito que parecia querer nos retirar até a última das pequenas propriedades, e só isso já foi motivo para que eu decidisse pela permanência.

Os anos passavam. Quando notei, a guerra havia se espalhado, a Segunda Grande Guerra, como percebi que aquela desgraça havia sido batizada, com maiúsculas e tudo. Ela estourou, a situação tornou-se ainda mais complicada e o dinheiro evaporou. Aí então começaria de novo a luta sem tréguas.

Casado com uma pequena conterrânea de olhos brilhantes, eu já possuía a essa altura, após uma década inteira, dois filhos abençoados e alguns passos de terra amada, mas sofria muita pressão do onipresente governo local. Se a pessoa é jovem ela suporta tudo e pode aceitar a morte pelos filhos, foi uma coisa que eu cansei de ouvir e começaria a repetir então de forma automática.

Foi então que um dia testemunhei a volta da minha irmã, separada do marido e seguida por uma fila de herdeiros esquálidos. Precisei lutar como leão para ser capaz do sustento de duas famílias enquanto não viesse o fim daquela guerra maldita, como todas.

Nossa mãe morreu durante o conflito mundial, mas no fim até que não estavam mal. Acontece sempre, pensei:

— Quando menos se espera vem alguma coisa para intranquilizar. Sempre funciona desse jeito.

Fiquei bem doente e então o dinheiro não demorou a se dissolver de vez. O jeito foi o recurso à fonte do empréstimo solidário de amigos, mesmo porque até os parentes distantes já escasseavam, e os meus costumavam enxergar esse tipo de apelo financeiro como um atestado humilhante da comprovação de incompetência. A prova do fracasso de um retornado do dourado mundo novo oferecido pelas oportunidades de além-mar.

Um dia sugeri a minha mulher:

— Vamos para a América enquanto a gente ainda tem idade que permite meter a cara no que vier pela frente.

— Vamos, claro — ela disse. — Mas qual América? Aquilo é imenso, é um mundo arredondado, não é do tamanho do nosso país. Cabem muitos países lá dentro... De qual América você está falando, afinal? Quer se explicar, por favor?

Virei minhas costas sem dar qualquer resposta. Eu tinha então exatos trinta e nove anos, cabelo ralo porém uniforme, músculos rígidos e bem distribuídos, além de energia contida sempre disposta às mais longas caminhadas. E não podia resistir aos empurrões interiores para a pesquisa das minas de ouro que já conhecia de narrativas das histórias ancestrais em chão da América.

Nem mesmo conseguimos paciência suficiente para esperar a comemoração cristã de um novo final de ano entre as queridas montanhas nevadas. Na América as coisas podiam se apresentar melhores, com a união solidária de nossos santos com os dos nativos. Deus era um só, fosse qual fosse o nome dele.

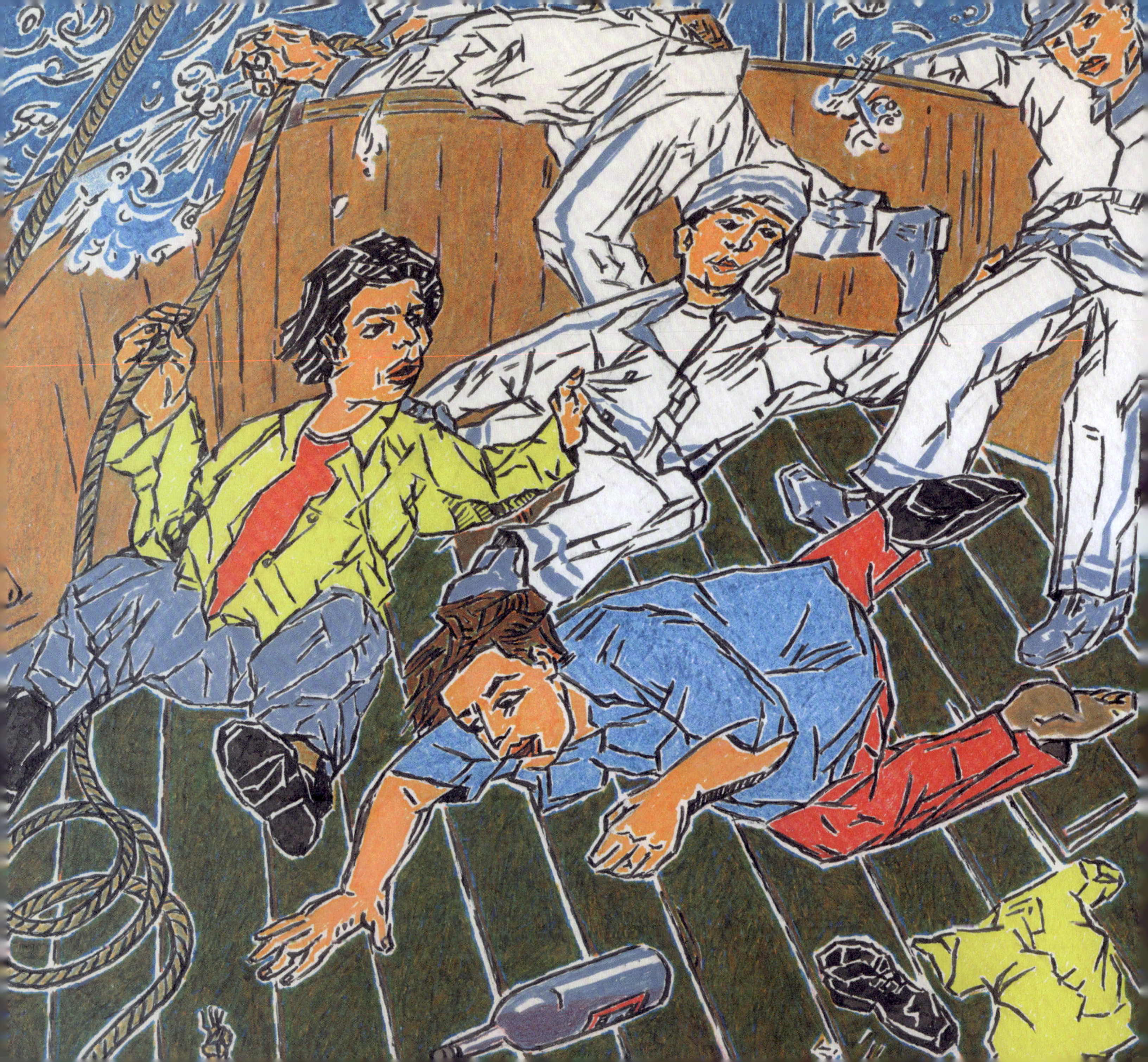

A chave da noite

Em pleno voo, mas grudado às águas do mar, sim. E mais uma vez dentro de um navio. O de agora parecia bola de borracha que boiasse em dia de ventania. Não era fácil a permanência em pé de um passageiro, um marinheiro, um objeto qualquer. Vi até um experiente capitão desequilibrado deixar cair os binóculos na água e quase ir junto no gesto de recuperação. E testemunhei um sujeito a engatinhar transtornado atrás de uma garrafa de vinho que rolava como que a se divertir em fuga sem direção pelo convés.

Dias e dias assim. O tempo parecia se recusar a marchar adiante e nem valia a surda dedicação às longas partidas de gamão ou aos jogos de baralho, pois nada ficava quieto sobre umas rudes mesas improvisadas em tábua grossa. Mesmo para os mais experientes, acostumados a viver mais em movimento do que radicados em chão firme, se tratava de martírio permanente.

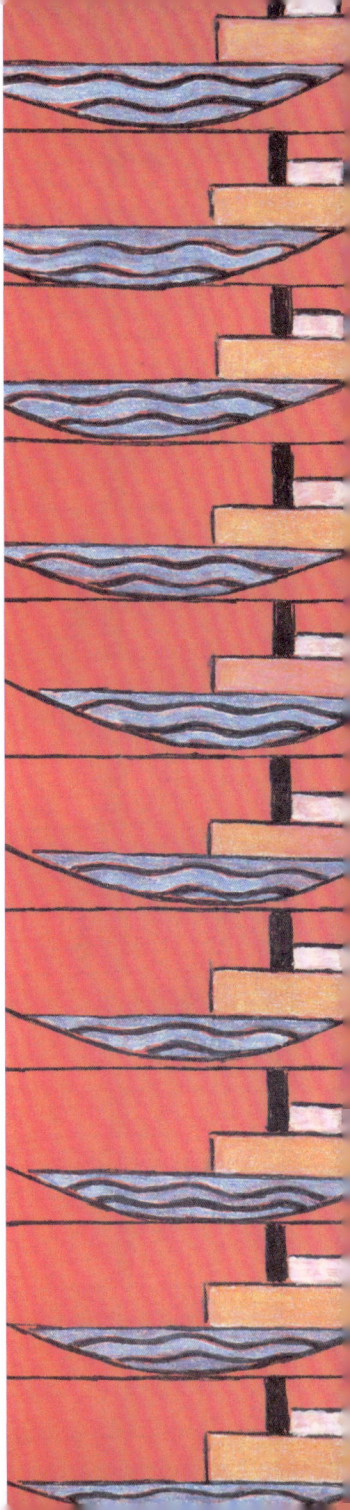

Oito dias para que se alcançasse o porto de Marselha. Estícamos a partir dali outros oito até o desembarque em Havre, mais um porto francês. Logo dedicaríamos três dias para conhecer Paris, que passamos a considerar a cidade mais linda do mundo, construída com uma engenharia perfeita, onde toda praça centralizava cinco ruas e no centro de cada praça havia uma descida para o trem subterrâneo. Nunca na vida conseguiríamos palavras suficientes para a descrição daquilo que guardamos dentro de nós durante esse passeio privilegiado.

Voltamos a Havre, de cujo porto o navio saiu numa manhã qualquer. Levou um mês para cobrir o oscilante caminho traçado sobre as águas. O nosso filho tinha nove anos e a filha cinco quando da chegada ao Brasil, no fim de um dia nebuloso, não me lembro qual. Não achamos difícil à primeira escuta a língua portuguesa do país, novidade bem próxima da fala espanhola que nossa prepotência acreditava já conhecer, eu mais do que os meus acompanhantes.

Percorremos o litoral, conhecemos mais de uma metrópole, da qual fugimos assim que nos foi possível. Ajudado por um primo compassivo, reuni condições para abrir uma pequena loja, algo bem semelhante a um empório, na rua principal de Cajuru, povoado localizado nos pontais do interior paulista onde fomos parar.

Não faltaram motivos para que eu ficasse mais de um ano sem fazer grande coisa exceto esperar visitas da indiferente clientela. Tive espaço suficiente para a leitura dos livros de um escritor do século anterior – Álvares de Azevedo – que me caíram nas mãos, e que relesse um deles cujo título havia sido suficiente para despertar meus sentimentos apaixonados: *Noite na taverna*.

Mais de uma vez fui sondado por gente que repetia e repetia que a melhor coisa a fazer era eu mudar para a capital estadual, São Paulo, onde transbordava o comércio e a indústria e onde tudo era mais promissor para quem tivesse espírito de comerciante. Achei boa a sugestão de mais de um imigrante, mas entre pensamentos vacilantes.

Em primeiro lugar, nunca considerei a mim mesmo um comerciante dos mais capazes. Em segundo, comprei mercadoria fiado, a longo prazo, e não consegui concorrer com os comerciantes locais em nada do que tentei: tecidos, alimentos, material para construção. Além disso, o comércio daquelas bandas cultivava a prática tradicional de fiado com um ano de prazo. Não dava certo eu, sem dinheiro, comprar fiado e vender fiado para todo freguês que aparecesse. Providenciei a mudança para outra cidade: Adamantina.

Ali, a presença foi bem rápida. Minha mulher um dia despertou ansiosa, bem mais cedo do que de costume, e constatou que as formigas locais haviam acabado em uma única noite com um saco de farinha. Sem nada de sol, eu fui acordado pelos gritos alucinados.

A casa alugada era muito frágil e, para completar o clima de terror, vivia ameaçada pelas visitas noturnas de serpentes regionais. Foi uma gota d'água atrás de outra. Eu era até bem resistente ao sofrimento, mas menos do que na época de solteiro. Agora, já não me aventurava a suportar. Claro, porque uma das primeiras lições que havia aprendido em nossa terra era sobre aquelas atribuições herdadas: podia ser irresponsável com o mundo todo, exceto com a gente em cujas veias o meu mesmo sangue oriental corresse.

Era um lugar com gente recém-chegada de toda parte e muitas casas novas. Aluguei uma, até que confortável no final da avenida mais distante que havia do centro, lugar afastado por onde nem os ônibus se arriscavam. Ficava longe da região antiga de Adamantina, a parte onde fervia o comércio.

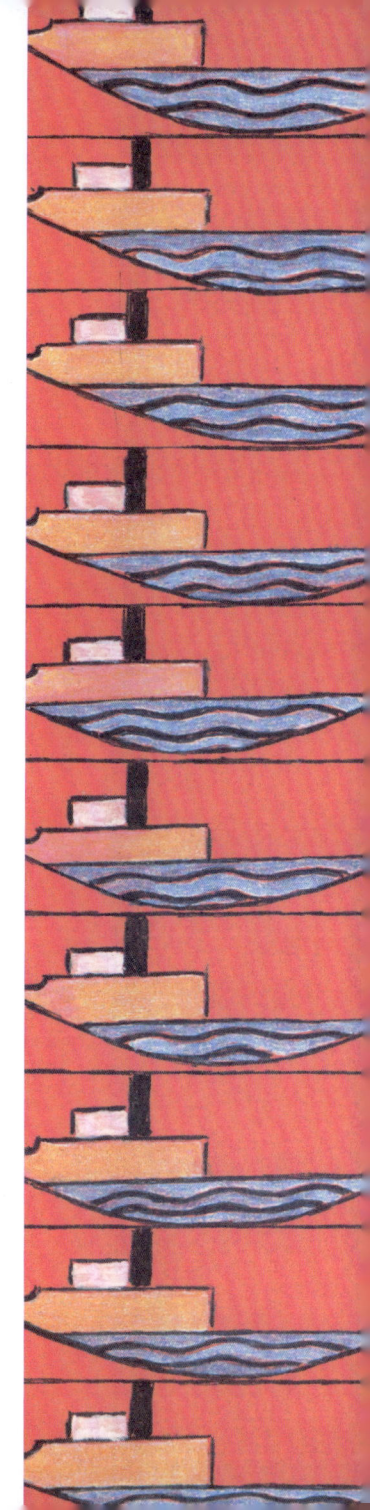

Por tudo isso a coisa não deu certo e, assim que completei três meses, atendi ao conselho de um conterrâneo estabelecido em outra cidade interiorana:

— Venha viver conosco. As cidades parecem ser todas iguais aos nossos olhos, mas é engano. Faça as malas.

— Não demoro. Tenho uma boa prática nisso... — falei.

Providenciei a mudança para a outra localidade, pelos lados do extremo oeste paulista, e que tinha o nome de Presidente Venceslau. Alguém tratou de nos estimular mais ainda, ao destacar a informação de que representava uma premonição santificada o nome da cidade rimar com o meu.

A Venceslau, como nós passaríamos a chamar o pequeno lugar, em imitação ao tratamento íntimo dado pelos moradores, chegamos em plena terça-feira de carnaval. Percebemos a data apenas porque prestamos atenção a um atraente calendário de parede. Deixei a família hospedada na casa do conterrâneo para adormecer, com dificuldade, no salão que eu já havia pedido para alugar com planos programados de edificar minha loja no futuro.

Acabei alugando casa nos fundos de uma loja. Era uma residência apertada demais para a família e a essa altura já havia chegado outro filho, o terceiro, este nascido em Cajuru. Moramos em três lugares diferentes na pequena cidade, mas as esperanças se fortaleciam bastante, em comparação com tudo o experimentado até ali. O movimento comercial era considerável, com a presença de engenheiros e técnicos e operários dedicados à construção da ponte sobre o rio Paraná, na cidade próxima de Porto Epitácio.

Os parentes ajudaram com o envio de viajantes encarregados de me vender mercadorias. Recebi um bom apoio. Fui dono por algum tempo de uma loja de tecidos, fechada quando inaugurei um armazém próprio de secos e molhados.

Foi nessa época que tive uma discussão com um fiscal e este resolveu recorrer à multa:

— O senhor tem agora conosco uma dívida total de trinta e três contos de reis. Está tudo bem calculado, bem amarrado. Confie nos critérios de nossa Justiça.

— Confio, é claro.

O pior é que essa autoridade levou a coisa adiante e depois veio outra multa, três vezes maior, o que resultaria em um valor para quebrar qualquer empreendedor do meu porte. Consultei um contador e a resposta veio sem que o homem se preocupasse em erguer os olhos da papelada amarelada que se revolvia sobre a mesa desbotada:

— Não há problema, meu amigo. Trate de não pagar uma única moeda, em hipótese alguma... E cuide sempre para nunca deixar nada em seu nome...

— Isso não vai dar muito trabalho. Acontece que eu não tenho nada mesmo registrado neste meu nome, senhor. Acredite. Nem casa nem solo nem água nem vento — foi minha resposta.

No fim, conversas e mais conversas levaram a dar um jeito na negociação, que resultou no pagamento em dez suaves parcelas. De noite eu rolava na cama em todas as direções sem conseguir dormir e minha mulher pedia:

— Calma, meu querido, calma...

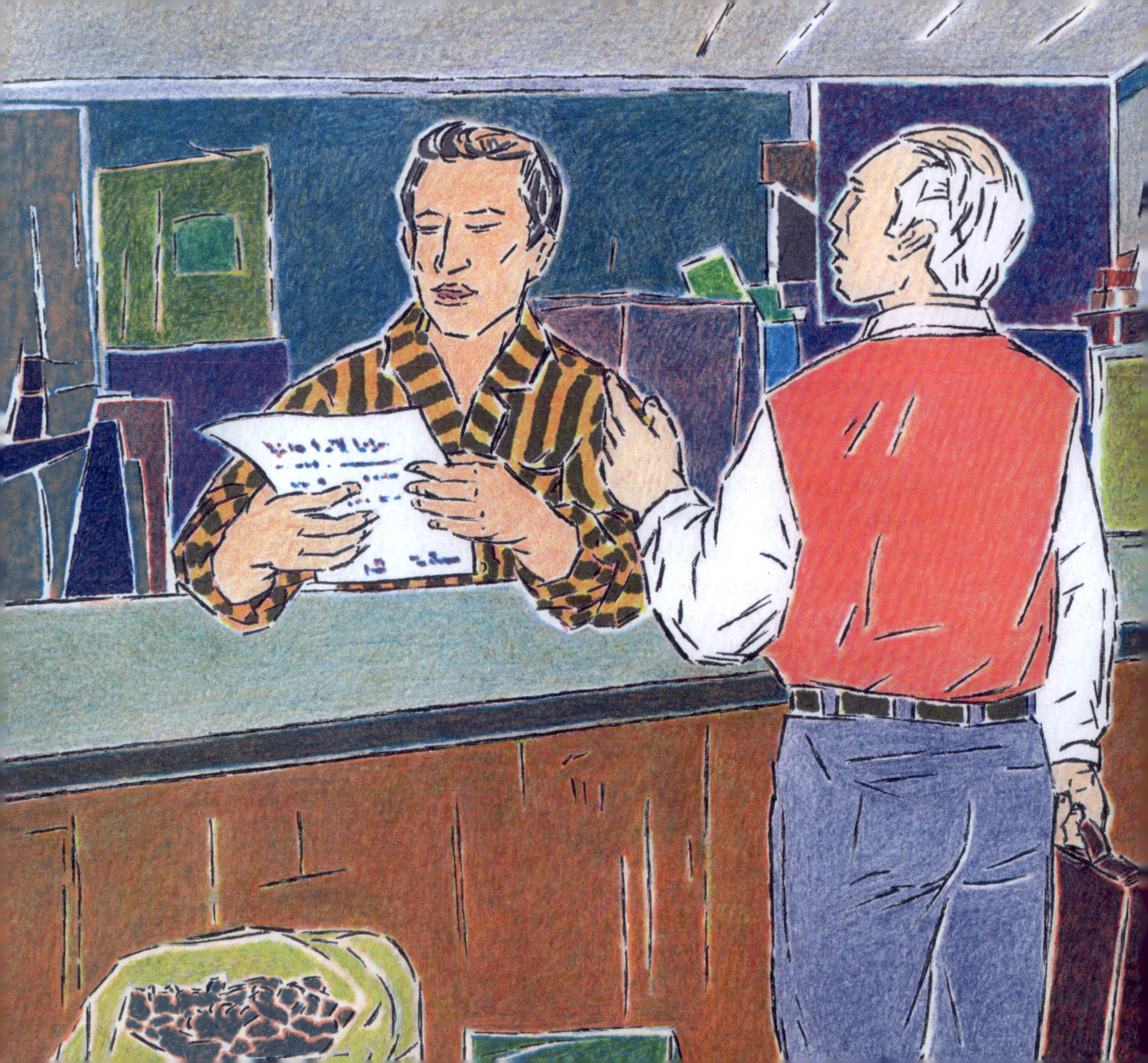

A resposta era tratar de fazer tudo para que ela se contagiasse com os resquícios finais de minha segurança, mas lhe repetia também que eu não precisava de calma coisa nenhuma, pois impassibilidade diante de uma situação de dimensões tão opressoras somente no caso de um asno mal conformado.

— Calma, meu querido, calma... — ela repetia e repetia. Verdade, não precisava muito, a gente que antes de vir falava e falava entre os nossos com o corpo inteiro, e aqui tendia a emudecer.

Não havia nada dentro de casa, e as camas eram feito leitos de cigano. Por perto ficava o Líder, um bar com restaurante e o dono começou a anunciar que pretendia colocar à venda.

Eu não estava nem um pouco interessado, porém minha mulher, atraída pelo local pelos elogiados dotes culinários herdados da mãe, tomou a iniciativa de empurrar:

— Compra, meu querido, compra...

Decidi falar então com o homem. Acertei todos os detalhes com ele, mas solicitei:

— O senhor pode esperar um mês antes que eu comece a pagar. Não pode? Claro que pode.

— Está bem. Vou fazer isso, já que me pede. Estou acostumado a negócios desse tipo — o vendedor concordou.

Em poucos dias tratamos de limpar o lugar. Eu escorracei como pude todos os paus d'água que encontrei acampados e os que sempre circulavam de costume pelo lugar. Com cuidado e sem pressa, fui tratando de arrumar o ambiente, no final frequentado só por nativos privilegiados por melhor condição.

Uma nordestina magra e alegre era chefe de cozinha do Líder, e foi anexada como parte da compra. Minha mulher, por meio dela, fez seu curso intensivo de culinária local. Aprendeu logo a fazer feijoada, virado à paulista, macarronada com arroz e feijão do jeito que o povo dali gostava, além de filé à cubana ou a cavalo. Aos poucos, tomou conta da cozinha e adaptou o cardápio para incluir seus pratos de comida árabe aos sábados e domingos.

O cardápio oriental de minha mulher não demoraria a ficar conhecido de ponta a ponta da cidade. Com o aroma morno de quibe assado ou dos charutos de folha de uva ou de carne moída no espeto a casa se transformou num ponto regional de referência. Não era raro que até houvesse gente de cidades vizinhas acostumada ao percurso impensado de quilômetros para experimentar aquela comida de outro mundo.

Nós permanecemos nesse revezamento por quase uma meia dúzia de anos: eu ia dormir às quatro da manhã, hora em que minha mulher acordava. Mas o tempo se encarregou de lapidar ao seu modo as coisas. E a força dos braços de ambos para o trabalho cotidiano cuidaria disso também.

Compramos até uma pequena chácara isolada nos verdes arredores da cidade e a negociação incluiu cabeças de gado bovino, que criamos e vendemos sem pressa, à medida que dinheiro se fazia necessário para diplomar nossos filhos.

Vivemos juntos ali, e no fim das contas a família se esparramou pelo país adentro. Eu não queria sair de Venceslau, mas não houve jeito e aceitei a permanência aqui em Cajuru, onde ao menos tive um pouco da paz de espírito que tanto me fez falta. O itinerário diário obrigatório representava ir de casa até a máquina de arroz do meu filho maior, e voltar. Fazia isso duas vezes por dia, quando caminhava ausente e sem pressa por uns seis quilômetros.

Não havia nada capaz de me preocupar; as pessoas acreditam que quem envelhece precisa de eterno descanso, não somente repouso físico como espiritual. Elas imaginam que desse modo, com essa postura que assume o perfil da antecipação da morte alheia, estão a exercer uma espécie de benefício.

De olhos fechados, todo dia agradecia aos céus por meus filhos. Cada um deles melhor do que o outro, eu repetia até o cansaço. Aqui, perto da estação rodoviária, recebia sempre as visitas dos felizes e saltitantes netos; nos derradeiros dias eles viriam a ser a maior alegria que eu experimentara. As rugas impiedosas transformaram cedo demais a mulher de olhos brilhantes em uma anciã, mas eu também não podia esquecer que estava já com meus belos setenta anos cumpridos.

E fomos indo devagar, bem devagar para onde foram os meus antepassados, porque nada me pareceu eterno nem nunca foi, nada a não ser a vida vivida que eu deixei gravada hoje em cuidadosas palavras no diário aqui escrito.

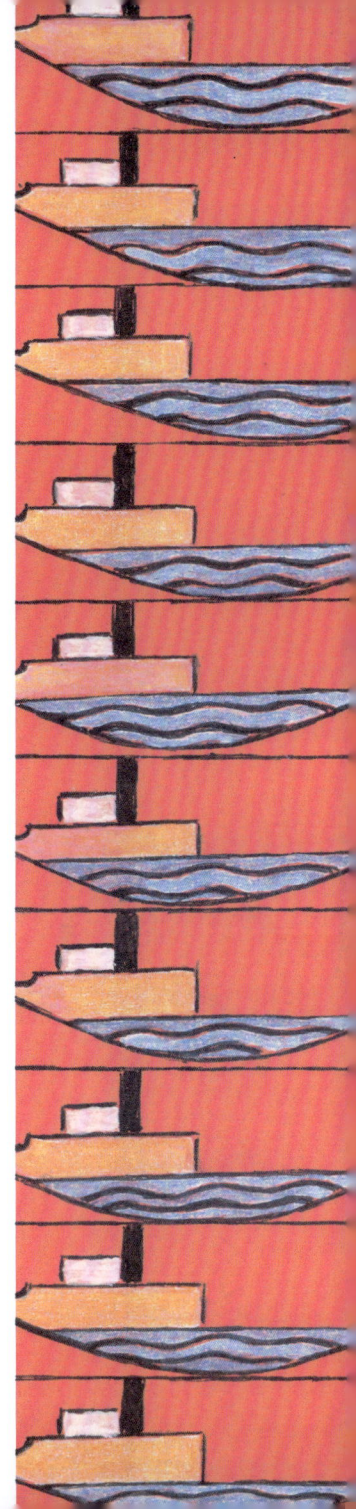